이성섭 시집

달팽이의 외출

한누리 미디어

국립중앙도서관 출판시도서목록(CIP)

달팽이의 외출 : 이성섭 시집 / 지은이: 이성섭. — 서울 : 한누리미디어, 2011
 p. ;   cm

ISBN 978-89-7969-390-4 03810 : ₩8000

한국 현대시[韓國 現代詩]

811.7-KDC5
895.715-DDC21   CIP2011002194

바람처럼 물처럼 그렇게 세월도 흘러 이제 제 나이 이순(耳順)의 문턱에 다다랐습니다. 어린 시절 자연을 벗 삼아 뛰어놀고 사계절의 변화에 순응하면서 사색하고 사유하며 삶을 관조하던 그 시절이 새삼 그리워집니다.

경기도 여주 산골마을에서 태어난 저는 산과 시냇물이 흐르는 자연 속에서 보고 느낀 사유의 세계를 나름대로 메모해 두는 버릇이 있었습니다. 비록 생활이 풍요롭시 못해 많은 양의 독서는 못했지만 변화되는 자연과 호흡하면서 사계절 내내 체감하는 그 느낌 그대로 일기 쓰듯 써 모은 단상들….

나이가 들고 사회생활에 길들여지면서 더 이상의 두께를 늘리지 못한 상태로 책상 깊숙이 숨겨진 채 퇴색되어 버린 그 노트를 서울로 삶의 터전을 옮기면서 새삼 뒤져 보게 되었습니다. 그리고 깊은 상념에 빠져 젊은 날의 초상을 하나둘 떠올리곤 감회가 새로웠습니다. 참으로 버리고 싶지 않은 삶의 유산으로 더없이 소중하게 여겨져 갑자기 책으로 엮어야겠다는 욕심이 생겼습니다. 그리고 한누리미디어 사장님을 비롯한 임직원분들의 도움으로 시가 무엇인지 또 시를 어떻게 써야 되는지 집중 지도를 받아 『지구문학』에도 응모하여 시인으로 등단하는 감격도 누렸습니다. 더불어 이 시집도 엮게 되었으니 그야말로 구름 위를 걷는다는 기분이 바로 이런 느낌이 아닌가 싶습니다.

비록 설익은 시편들이지만 제 나름대로의 소중한 삶의 징표로서 젊은 날의 유산임을 양지하시고 읽어 주시면 더없는 영광이겠습니다. 감사합니다.

2011년 6월 초 용산에서 이성섭 올림

3부　모래섬

4부 철새

5부 기도

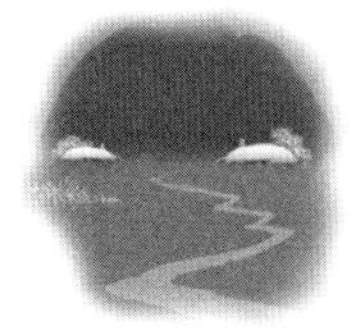

제1부 _ 봄날

봄날

물소리도 들리지 않는 개울가
이따금 먼 곳에서
뻐꾸기 울음소리 들려오고

햇빛이 주인 몰래 스며드는 곳에
퍼드득 퍼드득
천지가 무너지는 소리

산오리 한 마리
물을 박차 오르고
깨어진 적막 따라
물이 출렁인다

봄날이 술렁인다

양지쪽에서 · 1

양지쪽 언덕에
햇볕 모아진 모퉁이 따라
방안보다 따스한 햇볕 쪼이며
친구들과 담소한다

세상 모두를 알 것만 같은 친구
발 아래 풀 한 포기
추위에 파랗게 질린 풀잎을
어찌 내놓았는지 알려 하지 않고
세상일만 말하려는가

추위를 어떻게 버텨 왔는지
그 순수한 생명력을 알려 하지 않는다면
너무 삭막하지 않으련가

나무 위 빈 가지에서
새 한 마리
기지개 켜듯 날개털이 한다

양지쪽에서 · 2

양지쪽에서 한 아이가
햇볕을 쪼이고 있다

아이는
삐쭉삐쭉 삐져 나온
새싹을 밟고
발로 툭툭 찬다

노란 싹이 밖으로 나와
부러져 있다

아이야 멈추렴
그 싹은 오랫동안 그곳 담 밑에서
봄이면 싹을 틔우고
여름이면 온 담을 붉게 물들이는
다알리아 꽃이란다

활짝 핀 꽃을 보면
가슴 설레였고
빗물에 젖을수록

더 청순해지는 꽃을 보고
차분해지던 날 느꼈단다

한 송이 꺾으려다 그냥 바라만 보던
그 아름다운 꽃 싹을
단숨에 뭉개 버리면
어이하랴

감나무 가지 위에서
새가 지저귄다

어느새 봄이 온 걸까

경칩

얼었던 산이 녹더니
산이 핼쓱해 보인다

이제 다시 새 단장을 하는 산
지난 가을에 떨군 낙엽을 깔고
햇볕 목욕 중이다

산길을 훤히 내놓은 고갯마루
저리로 봄이 오는 걸까
따스히 바람이 불어온다

큰나무 위 까치도
집수리하다 말고
무엇을 기다리듯
깍깍 울어댄다

행여나 하며
낮달이 나무 위에 걸쳐
고갯마루를 지켜보고 있다

화원 · 1

눈부신 꽃 보라
따스히 내리는 햇살에
피어나는 꽃 물결
곱디 고운 빛깔로 물들어
섬세히 가냘퍼도
꽃이어라

꽃 속으로 오는 님
봄 옷 가득히
꽃 나라
나폴나폴 꽃을 안고
꽃나라로 가자 하네

가자
꽃 물결치는 봄나라에서
운명같이 사랑하고
우리 활짝 핀 꽃이
되어 보자

화원 · 2

꽃 속에 님 계시어
너울너울 나비 되어
꽃 속으로 님 찾아가면
이 꽃은 빨강꽃
저 꽃은 노랑꽃
하얀 꽃 까만 꽃
향기 좋아가면
저 꽃이 님이 아닐까
살포시 건드리면
님은
활짝 핀 꽃으로
내 품에 안기운다

송홧가루

솔숲 깊숙한 곳까지
봄 햇살 스며들어
목을 꼬아도 간지러운
봄바람 불어와
솔가지 흔들림에
화들짝
제풀에 놀란 비둘기들
퍼드득 퍼드득
이곳 저곳에서 둥지를
박차오르자
퍽하고 피어오르는
송홧가루
바람 타고 사방으로 번져
숲을 온통 노랗게 물들인다

비둘기

솔숲 깊숙한 곳에서
국 국 국
전설처럼 울어
숲이 울리고

나뭇가지 사이를 날아
날개가 곡선을 그어
숲을 돌아치는
자유로운 날갯짓

본능으로 숨을 쉰다
마른 나뭇가지를
물어 나르니
숲속에 둥지를 틀었을까

비둘기 한 쌍이 보이지 않는다
한적한 곳에서
깊은 사랑에 빠졌나 보다

나들이

냇가에 열매 하나 어디 가니
나무 없는 세상 나무 되러 간다

냇가에 꽃씨 하나 어디 가니
꽃 없는 세상 꽃 되러 간다

냇가에 구름 하나 어디 가니
나무와 꽃에 물주러 간다

냇가에 종이배 하나 어디 가니
나무나라 꽃나라 구경간다

나비 · 1

한겨울
겨울나무 속에서
나비 꿈꾸는 애벌레

윙윙
찬바람 소리에 놀라
나무 속 깊이 스며들어
잠을 자지요

꿈 속에서
노랑나비 하양나비
까망나비 되어
봄 햇살 가득한 꽃밭으로
너울너울 봄소풍 가지요

찬바람이 모질게
불어댑니다

나비 · 2

깊은 골 외딴집 텃밭에
장다리꽃 피어나고요

꽃향기 가득한 곳에
나비는 살지요

꽃가루 먹어 배고프지 않고
꿀 따 먹어 목마르지 않아

꽃 사이를 날아다니다
밤이면 꽃 속에서 잠이 들지요

닮은 나비와 사랑에 빠지면
나비는 사랑의 발레리나

바쁘기만한 날갯짓
조용한 봄날이 깊어 갑니다

나비·3

하얀 꽃 속에 하양나비
바람에 일렁이어
꽃인들 나빌까

빨간 꽃 속에 까망나비
꽃그림자일까
까맣게 스칠까

노란 꽃 속에 노랑나비
꽃이 날아
꽃 속으로 갈까

깊어가는 봄날
온통 꽃과 나비여라

쑥

반쯤 기울어
폐가가 되어 버린 집에
아비가 살았었고
아비가 약에 쓰려고
엮어 놓은 쑥대
쑥향기 가득히 바람에 흔들린다

선하게 떠오르는 아비
무너진 담 틈새로
소복히 나오는 쑥

이런 걸 왜 뜯어 왔느냐며
나무라는 사람
쑥부침이를 해서
눈물 가득히 먹는 내게
이상하다 하는 사람아

나는 그리움을 먹고 있다

민들레꽃

햇볕 내려앉는 이른 아침
아파트 뒷길 약수터 가는 길
보도 블럭 틈새로
노랗게 피어 있는
민들레꽃을 보았습니다

작은 틈새로 뿌릴 내려
꽃을 피우고
밟는 이조차 없이
황량한 보도 블럭을
노랗게 물들였습니다

이슬에 촉촉히 젖어 웃음짓는 꽃
길가에 털썩 주저앉아
울고 있는 아이에게
얘 우리 어서 집에 가자고
연약하지만 강한 여인 같은 꽃은
가꾸고 지켜가듯
여린 마음 속에 피었습니다

홀연히 찾아오는 포근함
강하고 착하게
아름다운 마음으로 살겠다면서
민들레 꽃길을
조심스레 걸어갑니다

배추꽃 장다리꽃

봄 햇살 가득한 산기슭 양지쪽에
배추꽃 장다리꽃이 피었습니다

향기가 가득히 퍼져
무수한 벌나비가
날아가고 날아옵니다

꽃에서 꽃으로 날으면 모두
머리가 노랗게 물들지요
꽃이 바람에 쓸리어
향기가 꽃과 함께 파도 칩니다

"헤이, 배추 꽃씨!
나같이 키 큰 꽃을 피워 보라구"
"뭐라구요, 장다리 씨!
나 같이 듬직한 꽃을 피워 보시지요"

한적한 외진 밭에
봄날이 깊어 갑니다

제2부 _ 솔씨의 꿈

달팽이의 외출

나른한 봄날
실개천에
물풀들이 헤적이는데
물 오른 버드나무 위
달팽이 한 마리 오르고 있습니다

안 보면 오르고
보면 멈추고
한참을 갔어도
그곳이 그곳입니다

먼 길 가는 길에
나 때문에 늦나요

달팽이 한 마리가 계속
개천 따라 오릅니다
곳곳에 푸르름이 피어나
이젠 봄날도 깊어가나 봅니다

솔씨의 꿈

푸른 솔잎 속에
솔씨 하나
봄이 오는 어느 날
봄바람 타고
노란 햇살 속으로
세상 나간다

팔랑팔랑 가는 길
저 꽃 속에 솔나무 될까
물끄러미 바라보는 솔새
솔씨 먹지 말고 솔나무로
키워야지

바람은 솔씨를
멀리까지 날려 보낸다

낙향

누가 고쳐 놓았을까
푸르름이 차고 넘치는 개울가
돌 끝이 물에 닿을 듯 말 듯
톡톡 뛰어가야 할 징검다리
누군가 고쳐 놓은 것입니다

숲이 물 속에 비치고
아침 햇살이 타오르는 개울가
피라미 떼 징검다리를 휘돌아가면
물새는 물 속으로 내달아
피라미 물고 다시 날아 오릅니다

고쳐 놓은 징검다리를 건너면
빈 집들이 반쯤 기울었고
무너진 담 틈새로
장다리꽃이 반깁니다

눈 감으면
아이들이 떼지어 징검다리 건너
진달래 속으로 사라지고

손을 흔들어 돌아가는 길

언젠가 다시 와
노부부가 살아갈 텃밭
나비가 춤추고
아지랑이 가물대
다시 돌아봅니다

웃는 얼굴로 돌아갑니다

촉새집 · 1

가시덤풀 사이로
들꽃이 함초롬히 피어 있어
가던 길 멈추고 바라다 본다
"나를 잡으세요 그곳엔 둥지가 없답니다"
촉새 한 마리 촉촉 울어댄다

"촉새야!
나무 위나 외진 곳에 집 짓지 그랬니
새끼 걱정에 가슴 졸였겠구나"

맑은 하늘에 비라도 올 것같이 우울하다
결과로 남을 때까지
세상엔 절로 된 것이 하나도 없다
저 작은 새에게서조차 발하는
그 본능의 몸부림을 어이하랴

어미를 기다릴까
새끼 걱정에 황급히 자릴 뜬다

촉새집 · 2

새둥지 곁에 서 있는
물망초꽃이
바람에 흔들거리면

어미 왔을까
짹짹짹
오무린 입을 벌리고
먹이 달라 조르는 아기새들

놀란 어미새
먹이 찾다 날아오면
물망초꽃 잠잠히
새둥지 끝에 있지요

어미 주둥이엔
먹이가 반쯤 물려 있고요

꽃향기가 번져 옵니다

비오리

별이 내려앉은 호숫가
하늘에 별이 많은지
호숫가에 별이 많은지
세상이 온통 별로 가득합니다

낮동안 날고 헤엄치다 지친 비오리
갈대숲으로 숨어들어
본능으로 별을 품고 잠들면
꿈 속에서 새끼 비오리
하나 둘 셋
별을 깨며 쏙쏙 태어나고

엄마 비오리
새끼 비오리 데리고
물풀꽃이 동동 뜬 물 위를
이리저리 헤엄쳐 물놀이합니다

별이 축복처럼 반짝이고
폭죽 같은 유성이 밤새워 흐릅니다

질경이

한적한 오솔길에 파란 잔디 나 있고
들꽃 사이로 숲이 보이더니
푸른 잎새 뽀얀 꽃술을 단 질경이
소복히 나 있습니다

웬일인지 질경이를
누군가 무심코 밟고 지나간 듯
잎이 찢어지고 꽃술은 부러져 있습니다

하지만 질경이
밟지만 말아달라고 애원하지 않습니다
밟을수록 더 강해지듯 잎새를 드리웁니다

울지 말아요
당신의 질경이 같은 삶
당당하고 맑은 모습이라서
더더욱 아름답습니다

활짝 웃는 모습 소박한 아름다움에
마음이 편해집니다

뻐꾸기 땅

산길은 좁고 험해도
솔향기 그윽하고 상큼합니다

뻐꾸기 쫓아와 울어대고
메아리로 돌아온 뻐꾸기 소리
한 마리는 아니었습니다

계곡에 텐트를 치고
쉬었다 갑니다

물소리 새소리 바람소리
숲은 쉴새없이 속삭여
적막은 깨어집니다

저 어느 곳에 던져진 모습같이
외로워졌습니다

삶도 그 어느 곳의 모습입니까
새소리에 잠이 깨어 났습니다

햇살이 빛살로 비춰이고
뻐꾸기 변함없이 쫓아와 울어대
내 영토니 어서 떠나라고 재촉합니다

뻐꾸기야
너도 이 땅을 메고 날겠니

산 정상을 올라 사방을 바라봅니다
능선으로 이어진 산은
가도가도 먼 산입니다

장미꽃

섬세하고 부드러우며
황홀하게 숨 쉬는
아름다운 장미여
은은한 향기로움이
정녕 예쁜 꽃이어라
너무도 아름다워
뭇 연인들의 가슴을 설레게 해
모두다 장미꽃을
갖고 싶어 하는가 보다
거리엔 온통 장미꽃이 만발해
사랑을 고백해 주고
용서와 화합의 장으로 만들었구나
오라 연인이여
예수님 상 앞에
장미꽃을 봉헌하고
장미꽃 식탁에서
우리 만찬을 즐기자
그리고 건배하리라
영원한 사랑을 위하여!

백일홍

깊어지는 빗소리
아득히 먼 기억의 거리에 서면
푸르름이 가득한 곳에
내리는 빗물
그림같이 얼룩지고
수없이 들리는 빗소리
내 잠결의 속삭임이다
아련한 빗소리 기억에서 사라지고
눈이 부셔 잠 깨어 창을 여니
햇살이 가득하다
아 예쁘다
몽울졌던 백일홍이 밤비 속에
꽃을 활짝 피웠구나
붉은 빛의 해맑음
누가 이 순수한 빛을 빚었을까
사람이 백일홍이라면
얼마나 좋을까
꾸밈없이 사랑하며 살다
꽃이 지는 날까지 순수하리라

백합꽃

깊은 궁궐 같은 정원
꽃들은 수없이 피어 있고
벌나비 무수히 날아다닌다

꽃들 중에
보드라운 밀크색 꽃잎에
붉은 다이아몬드 왕관을 쓰고
향기롭게 피어 있는 꽃
그 이름 백합꽃

너무도 향기롭고 아름다워
감히 벌나비조차
가까이 하지 못하고
죽음을 무릅쓰고 덤비는 자
질식해 버린다

아름다움이 넘쳐
외로워 보이는 백합
꽃잎이 스러지는 날까지
향기가 사라지지 않는데

벌나비 속에 묻혀 살고 싶어
가슴앓이를 한다

세상에
여왕을 모실 기사는 없나
너무도 고귀해
평범히 살 수 없어
다시 근엄한 여왕으로 돌아온다

백합꽃 꽃송이 꺾어 가려다
꽃집에 들러
백합꽃 한 묶음 사다
꽃병에 꽂아 놓았다
아! 그 향기로움이여

제비꽃

가을이 오면 오르는 언덕
그곳엔 예쁜 가을꽃이 피어 있지요

세상은 넓고
마음만 조급해지는 내 모습이
왠지 서글퍼 오르는 언덕
꽃은 언제나 내 곁에 피어 있습니다

별이 총총 뜬 어느날 밤
찌든 삶이 싫다고 우는 순이
울지 말아요
당신의 눈속에 별이 반짝이며
별이 흘러 내립니다

우주에 비하면
먼지 속의 먼지도 안 되는 지구
지구에 비하면
먼지보다 작은 내가
삶 속에서조차
작아지는 날 느낍니다

겨울이 오기 전에 사라졌다가
해를 바꿔 다시 필 제비꽃이여
나도 그대처럼 이곳에
다시 올지 모르겠구요

먼 하늘에 나의 별이 꺼질 듯
꺼질 듯이 반짝입니다

이름 모를 꽃

밭두렁에 버린 돌 틈새로 뿌리를 내려

길게 뻗은 줄기를 따라 잎새를 드리우고

줄기에 노란 꽃을 피운 이름 모를 꽃

줄기 끝엔 꽃망울을 달았구나

밭에서 뽑은 잡초를 줄기가 타고 넘었는데

밭주인이 너를 위해

풀을 한 곳으로 모은 듯하다

노란 꽃은 간결하고 청결해

너는 청순한 꽃인 듯한데

밭주인이 힘차게 일하다 너를 보며

얼마나 조그마한 자유를 느꼈으랴

가난해도 착하게 살며

꾸밈없이 소박한 꿈을 이루리라 했으리

밭엔 참깨, 들깨, 콩이 열매를 맺어가고

녹음 짙은 숲에서 새소리가 들려 온다

밭주인이 떠나면서

물 한 잔하고 꽃망울마저 피우라는 듯

뿌리 주위에 물을 뿌려 놓았구나

녹음이 뚝뚝 떨어져 푸르름이 가득하다

전원

윗논에서 하얀 옷 입고
일하는 농부
아랫논에서 하얀 옷 입고
일하는 농부
한나절이 되도록
논에서 떠날 줄 모릅니다
윗논에서 새참 이고 온 아낙
농부 부르면
아랫논 농부
하얀 날개 활짝 펴
날아올라 보니
하얀 백로였군요
두고 온 새끼 걱정에
날아가는지요
새참 이고 온 아낙
논에서 나온 농부
천천히 날아가는 백로
푸르른 전원을
하얗게 물들입니다

계곡

작은 돌멩이가 반질반질
윤이 나도록 깔려 있는 계곡
이끼가 솔솔 묻어 나오는 돌멩이 사이로
쫄쫄쫄 물이 흐르는 곳에
파란 잉크빛 하늘이 보이고
푸른 나뭇잎이 걸려 있다

유리알 같은 물방울
손가락에 넣으면
물방울 무지개가 뜬다
돌멩이를 들추자
작고 통통한 가재가 움추리고 있다

이 작은 계곡에서
무엇을 먹고 어떻게 살고 있는지
송사리 몇 마리 떼지어
돌멩이 틈으로 찾아든다

나무 위에선 새가 노래하고
바람은 떼지어 계곡으로 몰려 온다

제3부 _ **모래섬**

이사 가는 날

실개천이 흐르는 언덕진 길가에서
개미들의 행진을 바라봅니다

개미들은 붉은 빛이 도는 실개미
주둥이엔 알을 물고 먹이 물고
새 집으로 이사 가는 중입니다

영차 영차
큰 돌을 지나 모퉁이까지
거리는 100m지만
개미들에겐 아주 먼 거리겠지요

꽃향기가 향기로워도
바람이 스쳐 지나가도
쉬지 않고 이삿짐을 나릅니다

갯둑엔 이름 모를 꽃이 한가롭고
솔밭머리 솔숲에선
새들이 떼지어 날아오릅니다

여우비

학교 갔다 오는 길
구름 위로 햇빛이 반짝였는데
갑자기 비가 쏟아진다

앗! 여우비다
밭으로 뛰어가
토란잎을 꺾어 쓴다

잠시 후 비가 그치고
햇살이 곱게 비치면
토란잎은
햇볕을 가리는 양산이 된다

영화 속 연인들같이
다정히 걸어 본다

서쪽 하늘에 곱게도
무지개가 걸쳐 있다

모래섬

하천 중앙
모래톱으로 생긴 언덕에
버드나무 한 그루 서 있어
그곳에 텐트를 치고
제법 깊은 물 속에
낚시를 담가 놓았습니다

하얀 모래톱 위로
물새 한 쌍이 놀러 왔습니다
보면 날아가고 안 보면 날아오더니
이젠 제법 익숙해져 날아가지도 않는군요

얼마 후 물새는 모래 위에
알을 하나 낳았습니다
돌아갈 때가 되어 텐트를 걷다가
텐트에 밀려 가장자리에 알이 놓였습니다

장마 때가 되면
알이 물에 씻기어 갈까 걱정입니다
알 주위에 모래성을 쌓기로 했습니다

부질없는 줄 알면서도 말입니다

어느날 비가 몹시 내려
모래톱으로 달려가 보았습니다
이제 막 허물어지기 시작한 모래섬
물새 새끼도 알에서 깨어나 빈 껍질만 남았습니다
어디엔가 있을 물새가 보고 싶어집니다

물새야 안녕
나는 무엇을 잃은 듯 자꾸 뒤돌아 봅니다

한 부분

공원에서 매미가 연주를 한다

맴맴맴 귀울귀울
새들이 노래하고
나비는 교향곡에 맞춰
춤을 춘다

꽃은 향기롭고
나무는 그늘을 만들어주고
바람은 더위를 씻어간다

그 속에 가만히
꽃과 나비를 보며
바람 속에 교향곡을 듣는
내가 있다

소나기

톡톡톡
후드득 후드득
쏴~아
소나기가 내린다

금방 빗물로 덮어버리는 들녘
세상이 생기로 가득해진다

후드득 후드득
톡톡톡
소낙비가 지나간다

서쪽 하늘에 무지개가 걸쳐 있다
빨강, 주홍, 노랑, 초록, 파랑, 남색, 보라
곱게도 사랑의 언약
아름다운 빛깔로 그려져 있다

오 하나님
당신의 사랑을 느낍니다

새는 · 1

아름다운 숲에서
닮은 새와 사랑하며
행복이 뭔지 몰라도
행복하고
기쁨의 의미를 몰라도
기뻐지며
소유하지 않아도
갖추어지고
생각하지 않아도
행동되어
얽매이지 않는
자유로움 속에서
이 작은 숲조차
너무 넓은 영역이라
다른 새와 공유한다

저기 닮은 새가 부른다

새는 · 2

숲속에 새 한 마리
걱정없이 사는 게
기쁘고
짝과 함께 살 수 있어
즐거웁고
사방이 식량창고라
안심이 되고
저유롭게 살 수 있어
행복하고
하나님께 순명해 가는 것에
감사하며
사계절 날마다
신비하고 아름다운
이 숲을 떠나서 살 수 없어
새는 새로서
숲에서 살아간다

새는 · 3

마른 풀로 엮고 꿰고 말아서
풀숲 속에
새가 둥지를 틀어 놓았다
어찌 그리 정교한지
마냥 신기하다
둥지 곁엔
들꽃이 소복히 나 있고
나뭇잎이 무성하다

새는 주어진 본능대로 사는 거겠지만
자연을 느낄 줄 아는가 보다
오염되지 않는 곳에다
집을 짓고
주위엔 아름다운 꽃과 나무가 있다

새머리라 놀리는 인간은
잔머리 굴려
스스로 허물어져 버리는
인간 모습을
새는 인간머리라 하겠지

욕심 속에서
죽도록 일하다
싸우다 죽어가는
인간의 고통스런 삶은
새는 결코 택하지 않으리라

나무 위에 새 한 마리
짝을 찾는 듯 울어댄다

새는 · 4

조그마한 개울가를
타고 오릅니다
아카시아 향기가 나고
나뭇잎이 싱그럽습니다
언덕진 곳에
작은 구멍 하나 나 있어
구멍 사이로
몸이 파란 물총새가
쉴새없이 드나듭니다
물 위를 쭉 타고 올라
물 속으로 곤두박질쳐
다시 날아오릅니다
영락없이 주둥이엔
송사리가 물려 있지요
날쌔기가 바람 같습니다
구멍 사이로 먹이를 나릅니다
새끼가 있는가 봅니다
얼마 후 버드나무 위에
새끼 두 마리가 앉았습니다
어미 따라

이리 날고 저리 날아
본능을 익히나 봅니다
자유롭게 살며
가족끼리 행복하게 사는 게
아주 보기 좋습니다
정말 아름답습니다

여름날

장맛비 쏟아지는 마당가에
웬 작은 꽃 하나
빗물에 꺾일 듯
꽃을 피웠습니다

저러다간 꽃대가 부러질 것같아
거푸집을 만들기로 했습니다
작은 나뭇가지 땅에다 꽂고
그 위에 덮개를 덮어
가장자리를 돌로 눌러 놓았습니다

이제 비를 맞지 않는군요
찬찬히 보니
정말 예쁜 꽃입니다
아무런 꾸밈없이
그저 해맑습니다
고마워요
예쁜 모습
계속 보여주세요

매미소리

늦여름 산에 오르니
녹음 짙은 산이 마냥 푸르다
밟히우는 흙이 보드라워지고
나무는 기름을 바른 듯 윤택한데
산 곳곳에 늘어선 갈참나무 위에서
매미가 목놓아 울어댄다
모습 보니
단단한 갑옷 같은 몸에
하얀 날개를 달았구나
어이 수년을 번데기로 살다
세상에 나와 며칠을 살다 죽는다니
어두운 나무 껍데기 속에서
긴 세월 동안 날 꿈을 꾸며
기어코 매미가 되었는데도 말이다
그래서 우느냐
생명을 다하여 부르는 노래는 아름답다
눈 앞에 보이는 정상이
파란 하늘에 잠겼구나
정상에 오르기를 포기하고
매미소리를 듣는다

황톳길

길을 간다
길은 황톳길
길게 늘어선 나무 사이로
먼 마을이 옹기종기 보이는 곳
들꽃이 무성히 피어 있는 길
언덕을 지나 솔숲까지
누렇게 물들었다
길 가장자리에 개미들이 모여 살고
나무 위엔 까치들이 집 지어 살고 있다
길가에 쪼그리고 앉아
개미들의 행진을 바라본다
옛 일이 그리워서 눈물이 나는 걸까
구두 들고 맨발로 가는 내 모습
왠지 낯설기만 하다
가슴은 시원한데
왜 허전하단 말인가

바다

바다가 보이는 언덕
해송이 가지를 늘어뜨리고
잔디가 파랗게 물든
언덕에 앉아
햇살을 맞는다

천천히 떠가는 배
동백꽃은 수채화같이 얼룩지고
파도는 물감이 뭉쳐져
밀려오는 그림 같다

갈매기 날개깃을 세울 때
고동소리 들려오고
게가 옆걸음친다

바다는 너무 넓어
내 흔적조차 찾을 수 없어
사방을 본다
그리고 나는 가슴을
바닷물로 채우고 있다

어처구니 없는 전쟁

무너진 흙더미 둔덕에서
개미들이 전쟁을 한다

개미들이 양편으로 나뉘어서
서로를 향해 돌격한다
물고 뒤엉키고 나뒹군다
머리가 잘린 개미
다리가 잘린 개미
더듬이가 잘린 개미
그야말로 아비규환이다
성한 개미가 별로 없을 지경이다

해가 서산으로 기울고
개미들은 언제 싸웠냐는 듯
제각기 자기 굴로 돌아간다
부상당한 개미들은
제 굴로 가려고 몸부림치고 있다

참으로 어처구니 없는 전쟁이다
드넓은 땅을 두고

왜 하필이면 좁은 그곳에서
전쟁을 하냐 말이다
그 무엇을 얻겠다고
죽도록 싸우냔 말이다

하지만 인간들은
더 무서운 전쟁을 밤낮으로 하고 있으니
하나님 보시며
얼마나 한심하다 하시랴
그 무서운 전쟁은 언제 끝나련가
다 죽어야 끝나련가

어둠은 내리고 그림자는
둔덕을 덮어간다

송사리집

산 중턱 오리나무 숲
사방이 풀숲으로 둘러싸인 곳
샘물이 퐁퐁 나오는 샘터 밑
샘물이 고인 곳에
송사리 몇 마리 살고 있다

인기척에 놀랐는지
물풀꽃에 숨어들어
꼼짝 않고 있다가
서서히 헤엄쳐 나온다

이곳에 어떻게 왔을까
깨끗한 물 따라 온 걸까
개천에서 세수도 못하는 우린데
물고기가 살라는 건 무리겠지

그래 송사리야
재미있게 살렴
이곳마저 오염되면
인간도 없겠지

모두 오염되면
무엇인들 살아 남겠니

숲에서 새들이
뽀루룽 뽀루룽
울어댄다

여행

해맑은 하늘빛
푸르러진 개울가
이제 갓핀 코스모스
가을이 오는 길목에서
불쑥 다가오는 계절

내게 수많은 번민을 남기고
목적 없이 이끌리는 발걸음
날이 갈수록 나를 수척케 한다

저기 홀로 핀 가을꽃
바람에 나부끼듯
나는 무엇을 잃고 남겨졌을까

이제 제자리로 돌아가고 싶다
가다 보면 그 어느곳에서
나를 느껴 존재할까

초조해진 나 여행가방을 꾸려
무작정 마음을 좇아 떠나간다

제4부 _ 철새

코스모스

맑고 쾌청한 날
마을 어귀부터 싱그럽게 피어 있는
코스모스
빨갛고 하얗게
분홍빛으로 피어 있는
연약한 아름다움이여

순수한 마음에 평화가 오고
가슴이 따스해진다
작은 꽃 큰 꽃이 어우러져
저 먼 곳까지 꽃길이 되고
가슴이 탁 터지는 향기로움에
마음이 여려
꽃길을 걸으며 사색에 빠진다

코스모스 무리져 피어 있어
외로움도 잊고
꽃이 부끄러운 듯 다소곳이 웃어
내 슬픔도 사라진다
꽃이 어우러지고 흩어지고 모여

나는 끝내 꽃나라 사람이 된다

코스모스 상큼한 내음에
마음을 빼앗긴 나는
내 하얀 옷을
온통 꽃물로 물들이고 있다

박넝쿨

심지도 않았는데 울 밑에
박넝쿨이 나왔다

봄비 속에 모종이
몰라 보게 자라 있었다

나무 울타리를 타고 넘더니
지붕 위에 잎을 펼쳐 놓았구나

박이 하나 둘 셋
지붕 위에 널려 있다

박꽃에 벌이 잉잉대고
박 위에 고추잠자리가 앉아 있다

맑고 쾌청한 가을날
초가지붕 위에 박이 가득하다

어허 달덩이 같구나!

가을 밤

귀뚤귀뚤
뒤척이면 끊어지다
다시 울어대고
간지러워 손 넣으니
품 속에서
귀뚜라미 한 마리
꿈틀댄다

귀뚜라미 밤새워 울어대고
그래 잃어버린 가슴
그리운 것들
가을 속에 잠겨
귀뚤귀뚤
가을이 운다

철새 · 1

참나무가 서 있는 언덕에서
지는 해를 바라본다

낙엽이 하나둘 떨어지고
서늘한 바람이 불어온다

서쪽으로 지는 해는 붉게 물들어
장엄한 노을을 남긴 채 사라지면
이윽고 동쪽 끝에 둥근달이 떠오르고
수십 마리 새떼가 달 속으로 날아든다

곧 닿을 듯한 달은
한없이 멀기만 한데
달을 향해 가는 끝없는 날갯짓
가는 곳이 그 어디이던가

새들은 멀어지고
무참히도 나는
빈 가슴이 된다

동쪽으로 날아가던 새떼가
동경의 대상이 되어 나를 깨운다

나는 꿈을 꾼다
저 어느 호숫가에서 자욱히 떠오르는
본능의 날갯짓을

가슴이 탁 터지는 그 날갯짓에
한없는 자유로움에 포효하며
날다 지치면 쉬었다 날고
싸울 필요도 없으니
얼마나 홀가분하랴

무리져 날으며
닮은 새를 사랑하고
세상 곳곳을 날아다니며
아름다운 곳을 찾아보리라

그래도 외로워지면
강물이 붉게 타오르는 언덕에 앉아

갈대로 몸을 숨기고
전설같이 떠오르는
그리운 것을 그리워하며
길게 목을 늘여 포효하리라

그래서 언제나 떠날 준비를 하던가
날갯짓은 끝없는 동토
그 어느 허허벌판을 날아간다

참나무 가지 끝에
별이 반짝인다

철새 · 2

모래톱 사이로 물이 흐르는
개울가
누렇게 물든 풀잎 옆에
물새 한 마리
부리로 날개깃을 고른다

깃털이 바람에 실리어
저만치 갈대가 우거진
너머까지
가을이 차 오른다

물새야
사랑은 아픔일 거야
날다 지쳐도 날아가야 해

물떼가 하얗게 밀려왔다
가는 곳에
물안개 피어나고
물망초대가 스잔히
바람에 떤다

철새 · 3

잔잔한 호숫가
갈대가 우거진 호숫가에
노을이 붉게 물들어 오면
가슴은 왜 붉게 타오르는가

잔잔한 물소리에 젖어
수심만 가득한데
터벅터벅 호숫가를 걸어 가자
새 몇마리 물을 박차 오르고

동서에 수백 마리 새떼가
섬이라도 떠나가듯
함성을 지르며 떠오른다

새떼의 울부짖음에
노을은 넋이 나가 움츠러들고
새들은 호숫가를 휘돌아
먼 노을 속으로 사라진다

별이 하나둘씩 떠오르고

사각사각 갈대가 울어댄다
날아가는 새떼들이여
어서 돌아오라고

철새 · 4

오리나무 숲에 오리 두 마리
억새풀을 꺾고 엮어 둥지를 만들어
알을 낳고 품어
어느날 새끼 다섯 마리가
깨어났다

어미 따라 새끼들 졸졸졸 헤엄쳐
호숫가를 누빈다
물 위를 달리고 풀잎에 숨어들고
날갯짓하고
별을 보며 꿈을 키운다

하늘도 파랗고 호수도 파랗고
물 위에 단풍진 어느날부터
서서히 날고 있었다
아름다운 이곳에서 오랫동안
살고 싶어한다

가을이 깊어진 어느날
노을이 반갑게 번질 때

먼 여행길을 떠난다

가는 곳은 별이 반짝이는
꿈 속의 호숫가
정든 곳을 떠나기 싫어 포효한다
달빛에 젖은 산하가 눈에 어린다

기약없는 곳으로 날아가야 해
그래야 다시 돌아올 수 있을 거야
그 먼 길을 휘돌아 다시 돌아오는 날
비로소 성숙해 있으리라

힘차게 요동치는
날개깃 사이로 별이 반짝인다
새들의 본능이 절규한다
포효한다

철새 · 5

작은 듯 크고
어두운 듯 밝은 달은
가까운 듯 멀기만 한데
한 무리의 새떼들
끝없는 날갯짓

그 먼 곳까지 채워질
가을 속에
공허한 하늘 바다를
날아가는 허무한 날갯짓

더 이상 가을일 수 없을 때까지
가을 속을 날아간다

낙엽

공원 벤치에 앉아 보니
외로움이 낙엽 되어
날려 오누나

그대 어느곳에 있는지
올올이 쓰여진 사연
한 잎 두 잎
잎새에 쓰여진 사연 되어
그리움으로 오누나

그렇게 모아지고 쌓인 사연
한 줄기 힘없는 바람이
휑하니 쓸어가누나

은행잎 사세요

간밤에 바람소리 요란하더니
길 가득히 은행잎이 떨어졌군요

노랗게 물든 은행잎이
말끔히 세수를 한 듯
햇빛에 반짝입니다

정녕 얼마 남지 않은 은행잎이
자꾸만 떨어지고
사람들은 애써 은행잎을
밟지 않으려 했던 듯
한 옆으로 길이 나 있지요

길 가득히 노란 색 물감이 쏟아진 듯
노랗게 물든 인도 위에서
어린 아이들이 낙엽 놀이를 합니다

꽉찬 가을도 이젠
서서히 사라져 가는데
가슴이 자꾸 스잔해지는 것은

왜일까요

난 무엇으로 어떻게 살아가려 하는지
뒤돌아보아도 모르는 것은
계절탓도 있겠지요

팔려고 내놓은 과일 위로
은행잎이 수북히 쌓였습니다

치울 생각을 하지 않는 아주머니
은행잎을 파실려 하는지요

Young · 1

그대는 국화이더이다
무서리 뒤에 피어나는 싱그러운 꽃
아름답고 향기로운 국화이더이다

바라보면 볼수록 더욱 그리워
눈 감아버린
이 쓸쓸함이여

심장소리라도 들릴 듯
가까이 있어도
어찌할 수 없어
마음만 조급해집니다

해맑고 신비스런 국화여
언제 다시 와
내 연인이 되어주소서

아름다운 국화로
국화 같은 삶을 사시길 기도합니다
주님의 사랑 가득하옵소서

Young · 2

바람이 몹시 부는 날
가슴은 텅 비어가고
내 몹시 그대 그리워

아, 그대여
이렇게 바람 불어 허전한 날
행여!
내게 오시려는가

사랑은 바람 같아서
불현듯 불어대다
어디로 불어 가는지

그저 정처 없다면
홀로 불어 헤매지 말고
내 달려 가리니
함께 불어 갑시다

Young · 3

바람이 몹시 부는 날이면
그대를 향한 내 가슴 속
사랑의 불씨는 피어나

바람아 불어다오
내 가슴 속에 사랑이 활활 타올라
재가 되도록 세차게 불어다오

이제 바람이 스며 들어도
더 이상 꺼지지도 타지도 않는
이 불길

푸른 하늘 그 사랑의 바다에
풍덩 빠져야
꺼져 버릴 이 불꽃

그대와 더불어
바람에 실려 떠나렵니다

Young · 4

사랑은 바람일까
불어가면 간 곳 없어
늘 기다려야만 하는 걸까

언제 다시 만나
내 사랑 곁에서
다정하게 정다웁고
보고 있어도 보고 싶고
그리워서 그리웁고
안쓰럽고 사랑스런
나의 네가 되어
푸르디 푸르게
붉디 붉은 사랑을 할거나

휑하니 바람이라도 불어야만
덜컥 가슴 내려앉는
그대는 나의 바람이런가

만추

최고조로 푸르르고
모아 모아서
낙엽지고
꼭 잠기어
풀벌레 울어대고
가장 공허한 곳에
기러기 날아 올라
모두 이별로 향하기에
더 이상 가을로 갈 수 없어
결국
남김없이 가을로
꼭 차 오른다

제5부 _ 기도

기도 · 1

가을꽃 한 송이
가는 가을 그리움 모아
님께 보내올까

님 보옵시고 가상타 하실까
꽃은 해맑기만 한데
님 앞에 서서 눈물이 난다

님이시여
이 가슴이 당신 생각으로
가득하게 하옵소서

소중한 걸 잃지 않게 하옵시고
소망과 소명을 이루어 만수케 하옵소서

영원한 나의 님이시기에
당신만을 그립니다
생각만 해도 눈물이 나는
나의 예수이시여

기도 · 2

잎을 다 떨군 찔레나무
빨간 열매
푸른 하늘빛에 물들어
보라색으로 변해가고
갈바람에 출렁이는 깊은 하늘 속
꽃물 들어 번져갑니다

사랑하는 님께
한 묶음 엮어 보내드리올까
님이시여
당신께 드릴 꽃다발이 흩어지고 모아져
세상에 온통 꽃비가 내립니다

님의 고운 은혜인 듯
꽃 속에 묻혀
행여
꿈조차 깨이지 않게 하옵소서
나의 예수이시여

기도 · 3

공원 깊숙히 벤치에 앉아
수북히 쌓인 낙엽을 바라봅니다
아직도 지지 않은 잎새가 저리 많은데
낙엽은 어찌 그리 많이 쌓였는지요
바람에 흩어지는 낙엽을 보며
저 어느 곳에 내던져진
나를 느낍니다
스스로 허물어져
잃어버린 게 더 많은 세월
무거운 마음으로 돌아서면
사각사각 낙엽소리에
울어대던 벌레소리 멈추고
다시금 어디에도 없을 내가
그리워집니다
아직도 못다한 게 많은데
가을은 깊어가고
가을 속에 초췌해진 내가 있습니다

예수이시여 임하소서
내 영혼이 잠 못드나이다

기도 · 4

이 몸 흙으로 모아져
바람결에 꽃씨 하나 날리우면
싹을 틔워 잎을 키우고
꽃을 활짝 피워
꽃잎 함초로울 때
꺾이어
님께 드리올 꽃으로
꽃병에 꽂히어
님 뵈옵다 시들어 버린다 해도
님 곁에 한동안이라도
살고 싶나이다

오 나의 님
나의 예수이시여

내 잠 속에서 · 1

느티나무 벤치 아래에서
잠자는 내게
느티나무 찾아와 포근히
잎새를 덮어준다
고마워 소매가 촉촉히 젖어
돌아눕는 내게
느티나무는 속삭인다
하나님께서 나를 이곳에
나무로 남겨 필요케 하셨으니
너도 사랑하시니까
너를 새롭게 해 주실 거야
자고 나면 또 다른 삶 속에서
기쁨이 넘치는 기회를 주실 거야
고마워 가슴이 벅차 오르는 내 잠 속에서
나뭇잎 새로 별들이
하나둘씩 잠들어 간다

하나님 감사합니다
고맙습니다

내 잠 속에서 · 2

푸르름이 가득한 벤치에서
누워 잠을 잡니다
온갖 꽃들이 만발하고
새들이 노래합니다
이 아름다운 세상을
하나님께서 창조하셨고
그 속에 내 삶을 주셨건만
지금은 울고 있습니다
아름다운 세상 모습들이
울지만 말고 일어나
삶에 도전하라 합니다
하나님께서 이루어주시리라
믿으라 합니다
고마워요 고마워요
주옵신 자연 속에서
사랑하며 살겠습니다
향기로운 바람이 스쳐 갑니다
자꾸만 눈물이 흐릅니다

내 잠 속에서 · 3

교회당 종같이 생긴
아카시아 꽃
송이송이 모여 꽃이 되고
꽃송이 모여 모여
온 나무가 꽃이다

종 가득히 향기로 채워져
바람이 스쳐가면
향기가 세상 가득 퍼진다
향기가 전율하여
내 몸 가득히 채워져 온다

땡— 땡— 땡—
울지 마세요
당신에게도 하나님 사랑이
가득할 거예요

내 전신의 목마름으로
자꾸자꾸 향기를 마신다

시골집

따끈따끈한 아랫목에
요 깔아놓고
도란도란
50여 년 동안 이어온 얘기
그저 허허호호 해도
다 알아 먹는다오
호롱불 밤새워 밝혀두고
얘기하다 잠들면
웃목에 메주가 숙성되어
시골 내음으로 가득해지고요
하얀 눈 내리어
초가지붕을 다 덮어가도
문 틈으로 새어 나오는
따스한 불빛
옛날 얘기 같은 시골집
겨울 밤이
깊어만 갑니다

눈 오는 밤

하얀 눈 내려
하얀 눈이 쌓여가면
하얀 눈 맞으며
'노엘 노엘'
캐롤송 듣고
기쁨에 겨워지는
축복같이 내리는 눈 속
운명같이 사랑하고

눈 속을 날으는 하얀 새처럼
전설같이 머무르는
하얀 눈 속의 사랑도
추억으로 쌓여만 가는
우리의 약속이여

눈이 펑펑 쏟아져 쌓인 곳에
하얀 발자욱만 늘어간다

성탄절

하얀 눈이 하얗게 쌓이고 쌓여
눈 나라 만들어 가는
눈 오는 밤에
하얗게 물든 종소리가
울려 퍼진다

기쁨의 종소리가
눈꽃송이 되어
온 세상에 내리면

행복을 찾고
사랑을 그리고
가난하고 병든 자에게도
복음으로 전해진다

주님 어서 오세요
Merry Christmas

겨울새

하얀 눈 내려 눈꽃으로 뒤덮인
솔나무 가지 속에
솔새 두 마리 뛰어 오릅니다
하얀 눈이 펑펑 쏟아지는데
새는 사랑하는 새에게
눈꽃을 주고 싶어 날아갑니다

눈은 물고 오면 녹아버리고
다시 물어 오면 없어집니다
쏟아지는 눈 속을 다시 날아갑니다
머리에도 날개에도
눈꽃이 소복히 쌓였습니다

눈꽃을 줍니다
금방 녹아버리는 눈꽃
울지 말아요
꽃은 마음 속 깊이 스며 있어요

세상엔 끝없이 눈 내리고
마음엔 눈꽃이 쌓여만 갑니다

백로

물망초대가 바람에 흔들거리고
서쪽 하늘에 뭉게구름이 피어 오르는
냇가 마른 나무 가지 위에
백로 한 마리 앉아 있다

백로는 물끄러미
흐르는 냇물만 바라본다
짝을 잃은 건가
갈 곳이 없는 걸까
백로야 울지 마라
사랑은 가슴에 담고
삶은 다시 한 번 도전하렴

하얀 깃털이 바람에 쓸리어
물 위에 어리는데
길게 늘어선 버드나무 위에서
이름 모를 새들이 지저귄다

벤치에서

하늘이 너무 파래서
모습마저 파래서
나를 못 알아 보겠네

마음도 파래서
내 마음 나도 모르겠고
세상마저 파래졌으니
어디인지도 모르겠네

몸도 마음도 세상마저도
파래졌으니
갈 곳조차 모르겠네

그냥 누워 가을 속에
가을이나 느껴 볼까

팔랑팔랑 낙엽 떨어져
나를 덮어 간다

바람꽃

바람꽃 바람에 날리어
어디 가나
바람꽃에 내 마음 담겨
훨훨 날아가려나

보고픈 사람들께 전해질
사연일랑
빙그르 돌아서 날아가면
전해지려나

아쉬웁고 그리운 사람들
바람꽃 날아간 자리
사연 보옵시고
바람꽃에 사연 담아
다시 날려 보내옵소서

내 그곳에서 기다리리다

호수에서

물 텀벙
물오리 한 쌍 내려와
물 파문 일어
물풀 꽃에 헤적이고

시리도록 푸르른 연인들
푸르고 푸르러
마음만 푸르른 내게
호수처럼 푸르게 물든
계절 속에 젖으라 한다

제6부 _ 가고 싶은 나라

밤길

밤길을 걸어갑니다

추위에 뒤척이는 비둘기 날갯짓 소리에
촉각을 곤두세우며
별빛으로 길을 찾아 갑니다

그녀 앞에 서 있는
나를 생각하며
별을 바라봅니다

무릎 꿇고 기도하던 그녀 모습에
왜 그리 작아지던 나였는지
오랫동안 잊었던 별을 보며
한동안 나를 서 있게 합니다

그녀 집에서 새어나오는
형광 불빛이
내 눈에 아롱집니다

가고 싶은 나라

가고 싶어요
아름답고 신비한 모습이
찬연히 빛나는 곳
다툼이 없고
빼앗고 모을 필요가 없는 곳
거짓이 없고 평화만이
머무는 곳으로
나는 가고 싶어요

진정한 자유가 존재하는
무한의 나라
사랑만이 필요로 하는
질서의 나라
거룩하고 아름다운
당신의 나라
이제 보여주세요

어서 오라시면
내 달려 가오리니

여백

날개 접고 쉬었다
가는 곳에

아무도 없는 곳에서
소리쳐 부를 때

넘어져 일어나려고
안간힘을 쓸 때

가다 살다
행여 뒤돌아볼 때

그곳을 남겨 놓겠습니다

출근길

아침 햇살 반짝이는 날
가로수 잎 상큼히 푸르른데
긴 머리카락 쓸어 넘겨
단아하게 걸어가는 모습
가시는 길 어디인지요
매일 아침 그대를 봅니다
사귀는 사람은 없겠지요
취미는 무엇인지요
멀리서 그 모습
넋을 잃고 바라봅니다
헤이
한 번만 뒤돌아봐 줘요
내일은 일찍 나가
꽃을 들고 기다리겠습니다

후회

한 아이가 학교 앞에서
어른한테 혼나고 있습니다

친구 때려 놓고 뭘 잘했다구
우는 거야

어른이 돌아간 뒤에 아이는
친구는 저를 놀려 먹었다 합니다

나를 괴롭히거나 놀려 먹는 놈은
가만 두지 않겠어요

그래 아이야
너는 너를 굉장히 사랑하는구나
그럼 너마저 너를 미워한다면
누가 너를 사랑하겠니
하지만 아이야
네 곁에 있는 사람들을
너와 같이 사랑한다면
그들도 너를 사랑할 거야

아이 눈에 노기가 사라졌습니다
영리한 아이구나
무분별했던 어릴적 내 모습이 떠올라
눈물이 맺힙니다

폐교

학교 앞 운동장 가장자리에
오래된 느티나무가 있다
아이들이 오르기 좋게 구부정하다
한두 명의 아이들이
그 나무에 올라 놀고 있다

나무 위에서 놀아도 좋고
열매를 따려고 돌을 던져도 좋다
낙서를 해도 좋고 이름을 새겨도 좋은데
어느 날부터 오는 이조차 없다
칠이 벗겨진 학교 양철지붕이 덜컹거리고
우물 속엔 낙엽만 가득하다

아이들아 돌아오렴
함께 놀아줄게
더 오르기 좋게 턱도 낮출 것이고
잎도 무성히 키워
시원하게 해 줄게
어서들 오렴 내 기다릴란다

느티나무 아래엔
허연 머리 퇴직 교사가 앉아 있다
선생님의 입가엔
쓸쓸한 미소가 번져 있다
학교 앞 먼 산을 바라보며
아이들이 떼지어 오길 기다리듯
그렇게 앉아 있다

무인도

수평선 너머로부터
파도가 하얗게 밀려오면
파란 하늘은 푸른 바다에 잠겨 출렁입니다

갈매기 날갯짓 사이로
동백꽃이 발갛게 보이는
갈매기만 사는 섬엔
사방에서 파도를 모으지요
낚시를 핑계 삼아 며칠 묵으렵니다

파란 하늘 푸른 바다에
내 마음 잠겨 있고
그리 머물러 외로움도 느낄 수 없이
머물러지는 무인도
저리 나는 갈매기와
언제나 함께 하고 싶어집니다

비바람이 몹시 부는 날
한밤중이 되자
텐트는 종이쪽같이 흔들리고

파도는 바위섬을 세차게 때립니다

아침이 되자
언제 비바람이 불었더냐는 듯
아침 햇살이 곱게 바위 위를 비춰옵니다

작은 배를 타고 돌아오는 길에
멀어지는 섬을 보니
다시 가고 싶고 그리워집니다
손을 흔들어 다시 가겠다고 소리칩니다

섬은 파도에 밀려온 듯
그곳에 있습니다

필요한 나무

등산로 비탈진 곳에
참나무 한 그루 서 있습니다
사람들은 산을 오를 때마다
참나무를 붙잡고 오릅니다
웬일인지 나무는 크지도 못하고
잎도 무성치 못한 채
매우 구부러져 있습니다
많은 사람들이 나무를 잡고
산을 오르기 때문입니다
나무는 뿌리와 밑둥이 잘 발달되어
사람들이 힘껏 붙잡고 올라도
뽑힐 염려는 없습니다
구부러져 쓸모없는 나무도
세상에 필요한 나무가 되었습니다
쓰러지려 할 때 일어나야 한다는 것
도움을 받기보다
도움을 주며 살아야 한다는 것
그 나무는 자신을 잡고 일어나
다시 힘차게 살라 합니다

사랑

아름다운 세상 속에서
사는 것 중에
생각하는 것이 아름답고
생각하는 것 중에
사랑하는 것이 아름답다

사랑하면 사랑이 더 커지고
사랑으로 다시 돌아오리라

사랑이 그리워 사랑하면
가슴 아픈 사랑도
사랑으로 다시 돌아오려나

언제나 사랑은 날
가슴 설레게 한다

주님
주시옵신 사랑
그대로 제게 이루어지소서

날아간 갈매기

일년에 몇번 섬이 되는
갈목섬

조개 캐는 아낙네들
밀려오는 물떼
포구는 십리 포구
수평선 너머로부터
갈매기를 몰고 가는 어선

평화로운 어촌에
섬 주위를 날지 못하는
갈매기 한 마리 있어
쫓아가 잡아 보니
날개가 부러져 있습니다

균형을 잃은 갈매기는 날려다
금방 고꾸라집니다
날개에다 부목을 대고
약을 발라 주었습니다

새우깡을 좋아하는 갈매기는
한참 뒤 제법 나는 시늉을 합니다
날려 보낼 때가 된 것 같습니다

그래 갈매기야
푸른 바다를 마음껏 날아
자유롭게 삶을 표현하며
살아가렴

날마다 새우깡 봉지 들고
그 갈매기 돌아올까
기다립니다

공간

광활한 우주 한 켠
미리내 우윳빛 길 가장자리
태양계 안에 작은 혹성 하나
그곳에 티끌처럼 언덕에 서서
별들을 바라본다

저쪽 수천억 별들 날 볼까
이쪽 수천억 별들 내 볼까
반짝반짝
저 별은 몇십 년 백 년에 걸쳐
내 눈에 뵐까
무한대의 시간 속에서
눈 깜짝할 내 삶의 영역
흔적조차 없을 몸짓으로
난 절규한다

어쩌다 태어나
늘 삶이 벅차기만한지
내일이면 또 어떤 삶들이
내게 올까

별만큼이나 사연도 많아
가슴이 비워지는 저 우주 속에
내 삶이 저물어간다

온 우주를 창궐하신 하나님
내 예 있음을 아룁니다
굽어 살펴 주옵소서

편지

비가 살포시 내려
몽울졌던 꽃이 활짝 피는 것은
사랑이 머물다 간 자리에 남는
그리움 같습니다
사랑이 머물러 사뭇 행복했던 것을
이젠 그리움만 남는 것은
사랑이 멀리 있기 때문입니다
함초롬히 비 맞은 꽃은 그대를 닮았군요
해맑은 모습
언제나 신뢰의 모습으로
정녕 그대는 아름다웠습니다
이렇게 비 오는 날 홀연히
곁에 있었으면 해요
내 몹시 그대 그리워합니다
활짝 핀 꽃같이 오소서
살포시 비가 오니 말입니다

돌계단의 돌

푸르름이 가득한 등산로 길에
생긴 대로 쌓아놓은
돌계단의 돌
돌계단의 돌이 되기까지
몇백 년만에
돌계단의 돌이 되었을까
돌 틈새로 풀잎을 키우고
꽃을 피워 놓고
이끼를 파랗게 덮어 놓은
돌계단의 돌
하지만 그곳에서
얼마만큼의 세월을 보내야 할까
사방에 나무가 있고
새가 울고 꽃이 핀다
그래도 묵묵히 쓰임 되는
돌계단의 돌
자연 속의 돌인가 보다
사뿐히 밟고 올라선다

눈

깜박깜박
물기 어린 눈빛이 반짝인다
신비하고 아름다운
그대 눈빛은
아득히 멀고 먼 북녘성
그 먼 곳은 너무도 가까이 반짝여
바라볼수록 그리워지는
나의 별이 되어
내 돛단배 타고 별빛 따라
노 저어가면
한없이 머물고 싶은
그대 눈 속에
영원히 잠들어 버릴
혹성이 되고 만다

나

낙엽이 수북히 쌓인 거리에
아직도 지지 않는 잎새는
가는 가을이 아쉬워서인지요

밟히우는 낙엽이
사각사각 사색을 합니다

그런 아쉬웁고 그리운 것들을
다 보내 버리고 뒹구는 낙엽처럼
나는 어느 곳에 머무는 자입니까

비처럼 내리는 낙엽을 맞으며
한없이 걸어갑니다

가을이 가는 모퉁이에서
하나둘 잊혀져 가는 나를 느낍니다

나는 어느 곳에 존재합니까!
저 깊은 가을 길목에서
나를 찾아 헤매입니다

이성섭 시집

달팽이의 외출

•

지은이 / 이성섭
펴낸이 / 김재엽
펴낸곳 / **한누리미디어**
디자인 / 지선숙

•

121-840, 서울시 마포구 서교동 395-13 서원빌딩 2층
전화 / (02)379-4514, 379-4519
Fax / (02)379-4516
E-mail/hannury2003@hanmail.net

•

신고번호 / 제300-2006-61호
등록일 / 1993. 11. 4

•

초판발행일 / 2011년 6월 10일

•

ⓒ 2011 이성섭 Printed in KOREA

•

값 8,000원

•

※잘못된 책은 바꿔드립니다.

•

ISBN 978-89-7969-390-4   03810